블러드
레인!

블러드 레인!

5

민 글
백 승 훈 그림

너도 알겠지만 천이파는
두현이 등장하기 전
서울 최강이었던 곳이지.

꽤 오래전 이야기야. 내가 스무 살 때이니까.
내가 있던 통해파가 서울에 진출해서
영역을 계속 넓혀가다 마침내 당시 서울 최강인
천이파와 크게 충돌이 났어.

그때 우린 전력 처럼 극복하지 못했지. 결국 우리가 가지고 있던 영역이 하나씩 레멸되었고 마침내 내가 지키고 있던 나이트로 찬이피가 몰려들었는데 이미 1전은 받아했어.

그런데 2진, 3진 계속 밀려오는 거야.

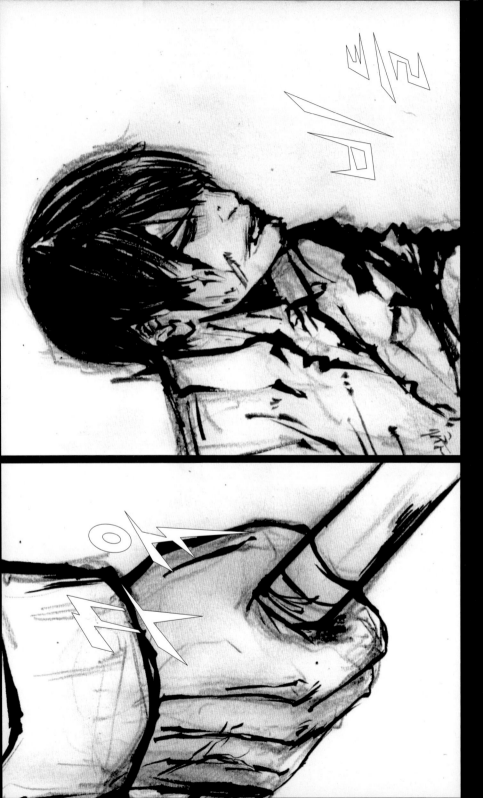

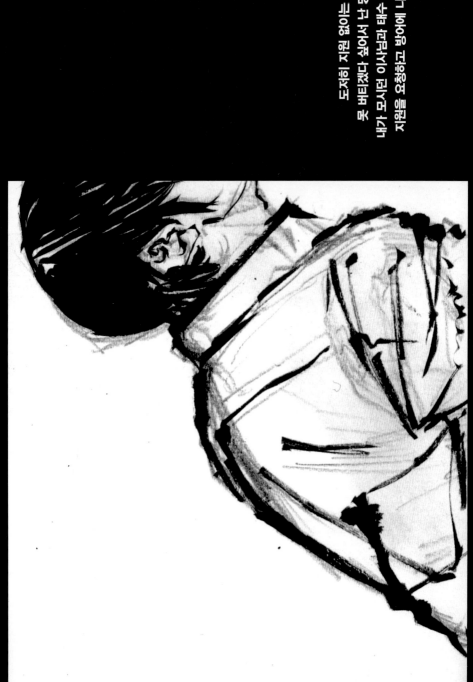

도저히 지원 없이는
못 버티겠다 싶어서 난 당시
내가 모시던 이사님과 태수 통해 측근에게
지원을 요청하고 밤에에 나섰다.

그날… 놈들이 쓰러지면서 뿌리는 피가 비처럼 가득했지.

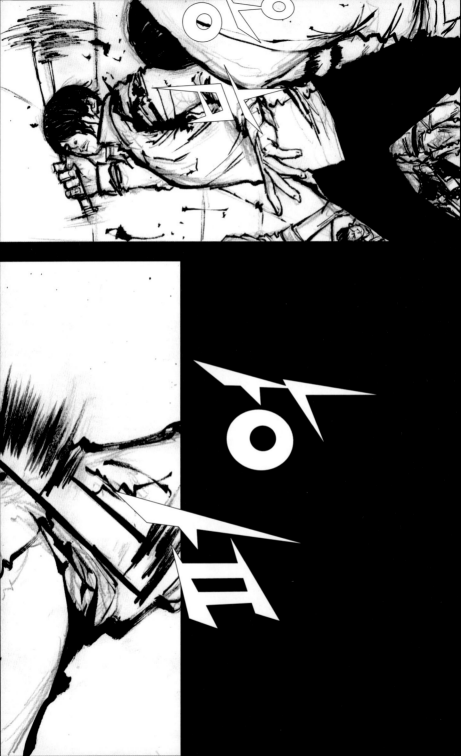

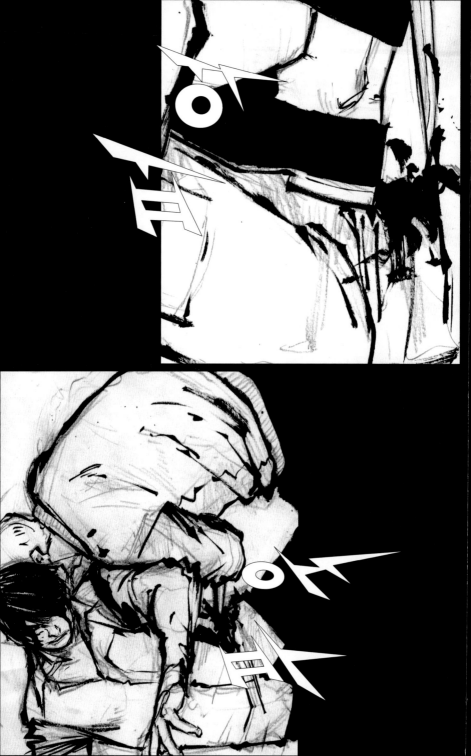

내가 무너지면 완전히 끝장난다고 생각했거든.

어디서 그런 힘이 났는지 몰라. 아니, 눈이 뒤집혀 있었던 것 같아.

장동욱, 맹수현. 이미 그때 전국에서
1, 2위를 다투던 주먹잡이들.

정신력은 가상하지만
시간이 없으니 끝내주마.

이미 난 지쳐 있었고
장동욱이나 맹수현처럼 변화무쌍한 인물을
본 적이 없었기에 속절없이 당해야 했다.

천하의 장동욱이 겨우 이 정도였나?

형님. 제가 마무리하죠.
이런 놈과 계속 붙으면 급 떨어집니다.

같이 끝내지.

장동욱과 맹수현이
동시에 공격하더군.
참 이상한 일이었어.

혼자서 공격할 때는 도저히
손을 쓸 수가 없었는데 둘이서
같이 공격하니까 길이 보이는 거야.

내가 지친 걸 보고 협공을 했지만
그건 그들의 실수였지.
오히려 서로 상대방에게 방해가 될까 봐
움직임이 제대로 나오지 않더라고.

덕분에 몇 번은 두 녀석에게
주먹을 꽂기도 했다. 위력은 없었지만.

하지만 두 사람은 금방 답을 찾아냈고
내 저항은 오래가지 않았어.

내 살이 찢어지고
내 몸에서 피가 터져 나왔다.
하지만 난 쓰러지지 않았다.

얼마나 버텼는지 모르겠어.
지원이다! 라는 소리를 듣고 고개를 돌렸는데
현 이사와 태수 형이 보이더군. 그리고 기억이 없어.
기절한 게 아니라 눈이 뒤집혀서 미친 듯이 싸웠던 거지.

어떻게 그 싸움이 끝났는지 모르겠다.
정신을 차려 보니 사방엔 피가 가득했고
우린 방어를 해냈다는 환호성을 지르고 있었다.

그날 이후 난 장동욱, 맹수현의
협공을 막아낸 걸로 이름을 높였다.
서울 제일의 주먹이라는 별칭도 얻었고.

그리고 찬이파와 동해파의
양강 시대가 시작되었죠.
두현이 나타나기 전까지.

그래. 너도 알고 있네.
난 그 싸움 이후 3개월을 누워 있었어.
온몸에 기력이 다 빠져나갔었거든.

장동욱, 맹수현은요?

아무 이상 없었지, 하하.
나만 발광을 했던 거야.

마치 비처럼 내렸던 그날의 전쟁.

…

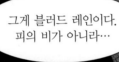

그게 블러드 레인이다.
피의 비가 아니라…

피의 전쟁.

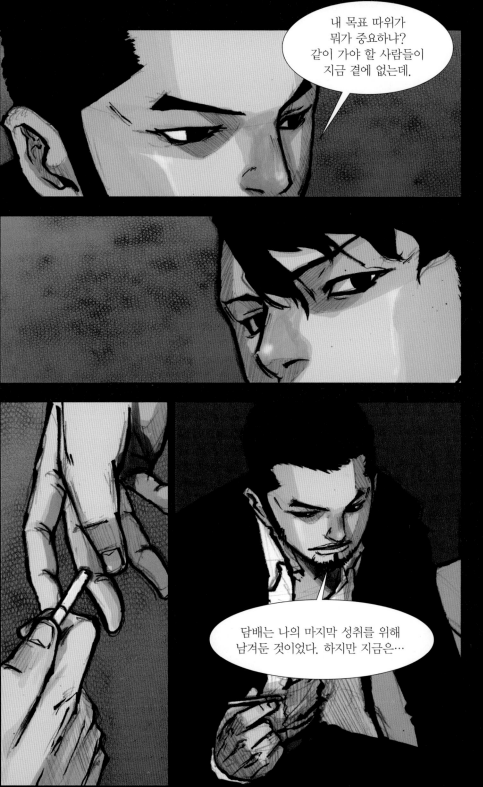

오전 10시. 차이나타운 중화반점 북경성 내 마작회 회의실

저흰 이사님을 따르기로 했습니다.

상대는 진짜 야쿠자들입니다.

아, 전 뭐 그런 건 모르겠고 이사님은 기꺼이 에이스를 마작회에 내주고 관리를 맡겼습니다. 그건 우리를 믿는다는 증거 아닙니까?

그렇긴 하지.

저우량은?

틀어박혀 있습니다.
우리에게 귀순한 것도 아니고
귀순하지 않은 것도 아닙니다.

거부할 수 없는 조건을
제시해야겠군. 다카하시는?

마리 곁에 붙어 있다가
밖으로 나갔습니다. 마작회 쪽으로
사람을 보내는데 바람 좀 쐬겠다고
자기가 갔습니다.

아, 그랬지.

그런데…
마작회도 쓸어버리지 않고
왜 품으려 하십니까?

마작회는 김민규와 큰 연결고리가 없어.
김민규가 무너지는 걸 보고 우린 어쩌나 싶어서
속이 탈 거야. 그럴 때 내가 넓은 아량으로 품어준다면
어찌 충성하지 않을 수 있겠나?

하하하. 이 정도 앞을
헤아리는 능력은 있어야지 않겠나?
별것도 아니야. 저우량이나
내 방으로 불러오게.

역시… 이사님의 혜안은
들을 때마다 놀랍습니다.

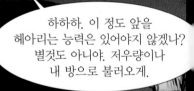

예.

자 자. 오늘도 장사 잘해봅시다.
난 에이스 갔다 올게요.

끼익

마작회?

아, 손님.
이쪽으로 앉으십시오.

!

누구냐?

원래는 너희를 설득하려고 했지.
그런데 너희가 김민규의 부하들인 걸
뻔히 알고 설득이라니?
말도 안 된다고 생각해서 내가 직접 왔다.
난 너희를 밟고 싶으니까.

그러취! 지금 상황에서 두현이
김민규, 하루다 모두 정리해버리면
오히려 두현의 제국은 더 건재해질 거다.

알아먹었어.

어딘데?

일식 구마모토.

무사한지 확인하고 싶은데?

오늘 밤 10시.
너 혼자여야 한다.

이봐. 유리 씨
무사하냐니까?

뭐랍니까?

유리 씨를 구하고 싶으면
그때 그 성 같은 일식집으로
혼자 오라는군.

혼자요? 혼자로는
어려울 것 같은데 사람들 모아보죠.
아직 하노이파 잔당과 저우량,
진린을 따라온 적풍회원들이…

아예 인질극은 생각도 않아야 돼.

이정우에게는 인질극이 통하지 않는다.
만약 인질을 해치면 반드시 보복당한다.
그러니까 아예 인질을 잡지 말자.
잡더라도 죽이면 안 된다…

인질극이 약점이
될 수 있는 겁니까?

그 후 이정우는
자신의 주위 사람들을
지킬 수 있었다.

확실한 약점이지.
내가 인질 때문에 흔들리면
앞으로 나의 적들은 계속
인질을 잡고 위협할 거다.
굴레처럼 벗어날 수도 없을
약점이야.

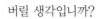
그럼 유리 씨를…

버릴 생각입니까?

…

이사님?

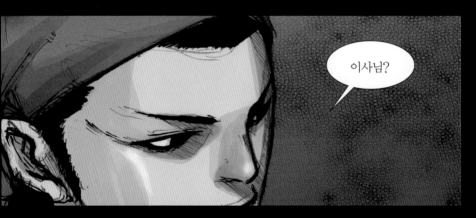

난!

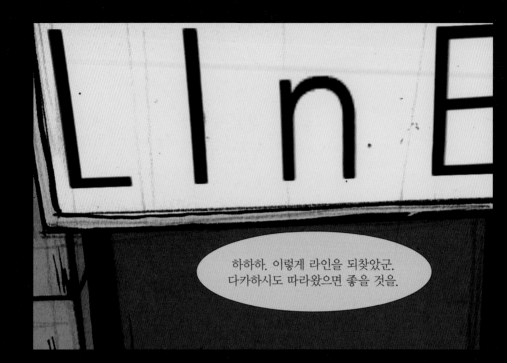

난···

이사님.

한 사람은 끝없이 높은 곳에 있고
한 사람은 그곳을 바라보기만 하고.

어쩌면 이것이
이정우와 나의
차이일지도 모른다.

이게 끝이야.
끝까지 함께 가지 못해서…

…

미안하다.

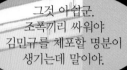
상황이 이렇습니다.

그것 아쉽군.
조폭끼리 싸워야
김민규를 체포할 명분이
생기는데 말이야.

혼자서 싸우러 가는 중에
체포하기도 이상하고
그렇다고 오늘은 일망타진할
분위기가 아니야.

왜요?

하루다가 라인에서 두현 쪽 사람들과
연회를 벌이고 있네. 라인의 계약을
새로 맺은 걸 자축하고 있지.

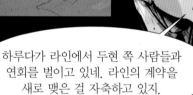

지금 경찰을 투입하면
하루다가 빠져나가는 것 아닌가.

어떻게 할까요?
이대로 놔둡니까?

아니.

일단 김민규부터
잡도록 하지.

그럼 하루다와 김민규가
전면 충돌할 때 일망타진한다는
계획은 어떻게 됩니까?

그건 플랜 B였지.
이제 플랜 C가
필요할 때인 것 같군.

어차피 오늘
하루다를 잡기는 무리고
김민규는 오늘 어떻게든 싸울 테고
이런 상황이면 김민규를 사업에서
제외시킬 수밖에 없네.

아직 김민규를
활용할 수 있을 것
같습니다만.

김민규라는
장기 말은 오늘 다 썼어.
하루다를 체포할 상황은
다시 만들어봐야지.

… 김민규를
체포하면 되는 겁니까?

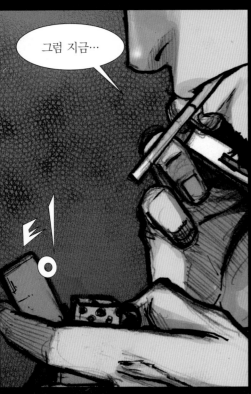

그럼 지금…

티
ㅇ

희생은 불가피한 것이다.
거기다 어차피 유흥업에서 일하는 아가씨잖아?
그런 아가씨 어떻게 됐다고 해서
누구도 문제 제기를 하지 않아.

만약… 만약 단독 체포
할 기회가 오면요?

확실한 기회가 오면
당연히 체포해야지.

왜? 해산이라고 했잖아.
너 갈 길 가. 여긴 아무것도 없어.

왜 여기에
있는 겁니까?

그냥 마음 정리 중이다.
결전을 앞두고 긴장감을
조금 높일 필요가 있으니까.

넌?

집에 갔다가 오는 길입니다.
정리할 게 있어서.

그래. 네 물건 싸서 가라.
어디 가든 잘 살고.
난 9시에 나갈 거니까.

다카하시가 오라고
한 시간을 지킬 필요는 없잖아.
한시라도 빨리 구해야지.
마음 정리도 다 되어간다.

너무 빠르지 않아요?

그렇네요. 그렇긴 해요.

스으윽

근데…

김민규, 널 범죄단체 조직 및
폭력행위 혐의로 체포한다.

체포하시죠.
경찰에 저항할 생각은
없으니까.

유리 씨는 꼭 구해주십시오.

왜… 저항하지 않아?

지금 내 목적은 유리 씨를 구하는 것뿐.
나보다 경찰이 더 잘 구해줄 것 같아서 말입니다.
그러면 됐지요. 형. 사. 님.

유리 씨는…
구하지 못할 수도 있어.

그건 너무 가혹한데?
하지만 경찰과 어떻게 싸우나?
한낱 건달이 말이야.
그러니까…

금 과장.

형사님과 싸워야겠다.
유리 씨만 구하고 자진 출두할 거야.
그게 진심이란 건 형사님은 몰라도
넌 알 거라고 생각해.

...

금 과장. 그동안 고마웠다.

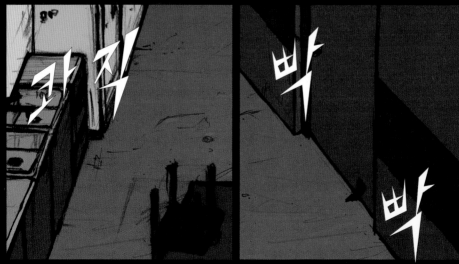

크으.

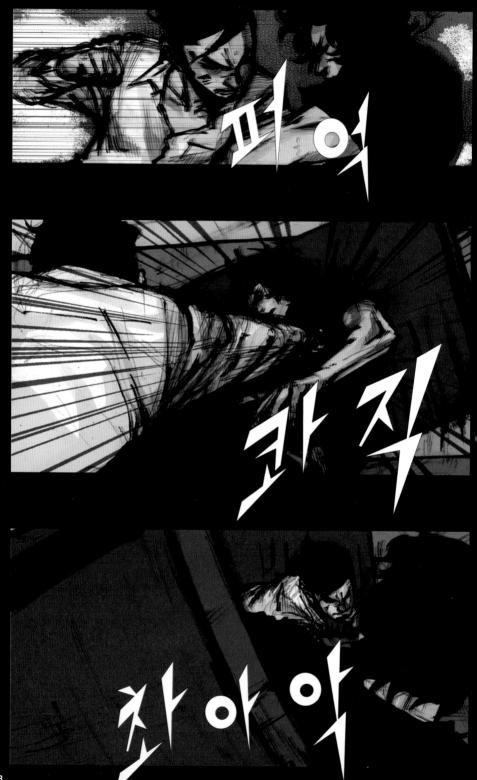

129

후우… 후우…

나도 지친다.
이러다간 안 될 것 같은데?

왜 이렇게 안 쓰러져?
장동욱과 맹수현이 나를 협공할 때
나를 보던 기분이 이런 거였을까?

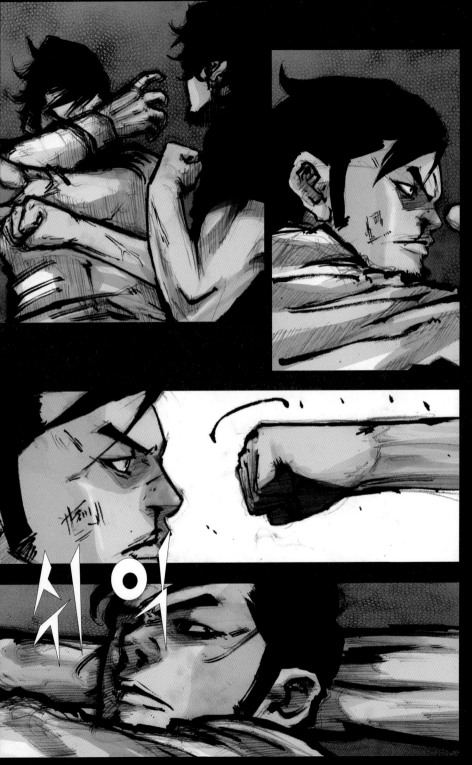

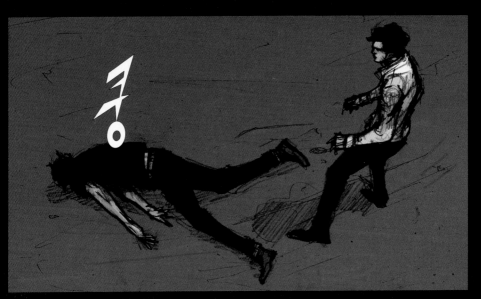

빗맞았다.
하지만 이 정도면…

아직도 안 쓰러져?

...

누가 네 족쇄를 풀어줬으면 좋겠군.
그럼 네가 가진 모든 게 터져 나올 텐데 말이야.
저우량이 잠깐 뽑아줬는데 같은 편이 되었으니
이젠 안 될 테고.

이야아!

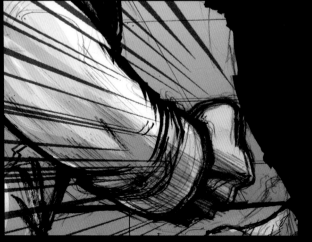

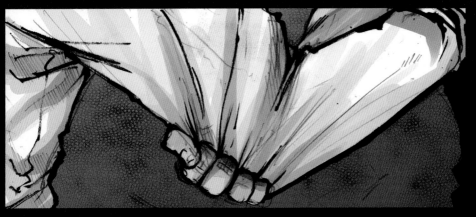

맞아줬지?

…

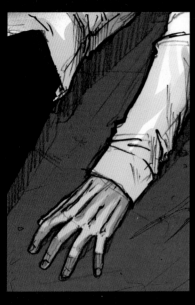

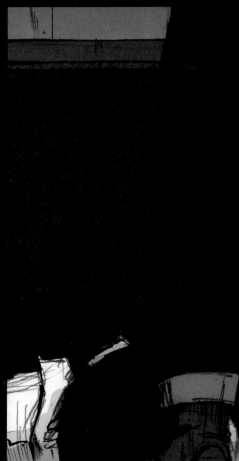

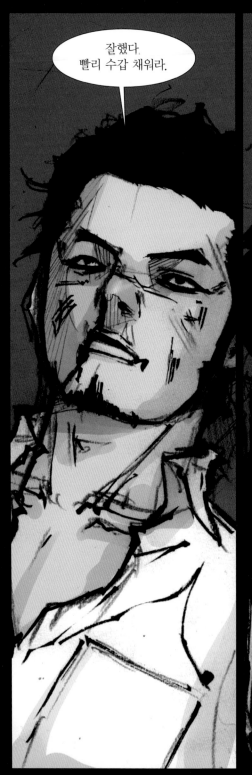

…

유리 씨는 경찰이 구하겠지?

안 구한다니까.
아까 말했는데
그새 까먹었어요?

가요.

그럼 유리 씨가
너무 불쌍하잖아.

…

응?

유리 씨 구하러 가라고.
내가 이사님 집어넣고 유리 씨도 구하러 가야 되는데
힘이 다 빠져서 못 움직이겠어. 그러니까
아직 힘 남아 있는 이사님이 빨리 가요.

진심으로 하는 소리입니까?
형사님.

아 좀! 그냥 아무 말 하지 말고 가요.
밖에서 보고 있을지도 모르니까 비상구
통해서 나가요. 그리고 10시 30분 전후해서
경찰이 구마모토에 들이닥칠 겁니다.

고…

고맙다.

칙

아 참.

한 명을 이야기하지 않았다.

이정우.

이정우는 얼마나 잘 싸웁니까?

일단 부딪쳐봐라.

특징 같은 거 이야기 안 해줘요?

해줬잖아. 1초에서 1시간.
그거 진심이다.

하아…
그건 대련 전이고.

그래. 지금의 너라면
답을 찾을지도 모르지.

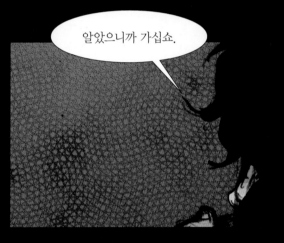

알았으니까 가십쇼.

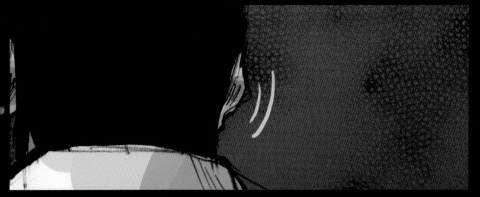

김인범은 끝까지 비싸게 구는군.
코빼기도 안 보여.

띠리리리

그깟 어린 녀석 봐서 뭐합니까?

뭔가?

다카하시가 조금
이상합니다.

이상하다니?

문을 열어놓고 누군가를
기다리고 있습니다.

기다려?

예. 자세한 건 말을 하지 않아
모르겠습니다만 무언가 일전을 치르는
기백 같은 게 있습니다.

끄응…

구마모토로 가서 다카하시가
뭘 하고 있나 좀 보고 오게.
이상한 짓을 하는 거면 말려야 해.

왜 그러십니까?

알겠습니다.

저우량은 다카하시의 괴상한 짓에
휘말리지 않도록 해야 하네. 그자까지
휘말리면 너무 복잡해질 테니까.

알겠습니다. 걱정 마십시오.

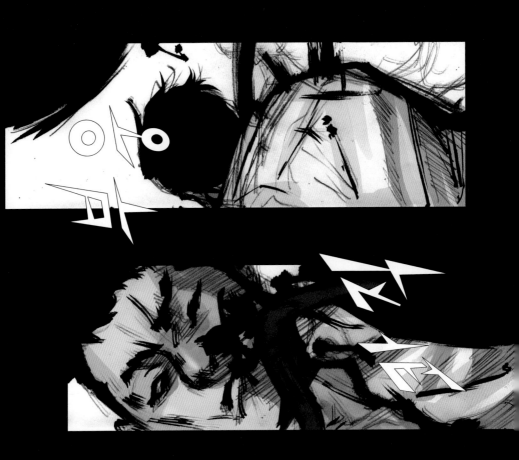

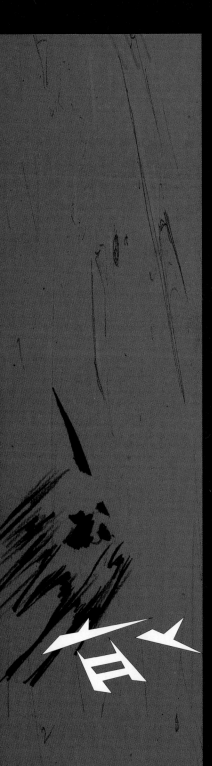

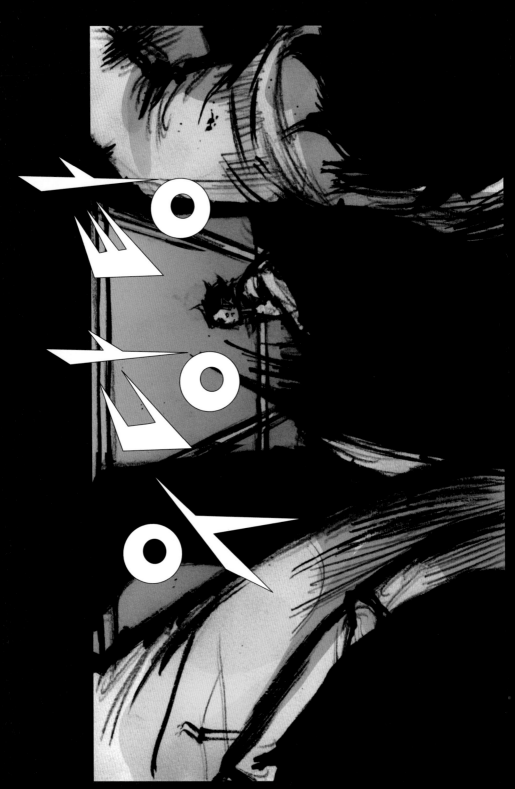

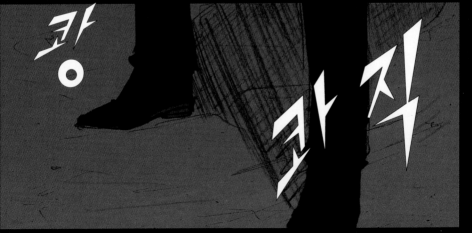

유리 씨는 어디 있나?

왜? 죽였을까 봐?

난 너처럼 야비한 인간이 아니다.
널 불러들이기 위해 쓴 카드였을 뿐.
해치지는 않아.

야비?

모르는 척하는 건가?

여보세요?

일식 구마모토 앞에서 대기하고 있는
IO에게서 연락이 왔는데 김민규로 추정되는
인물이 들어갔다는군. 그런데 거기서
나온 보고는 못 받았거든.

아… 그거요?

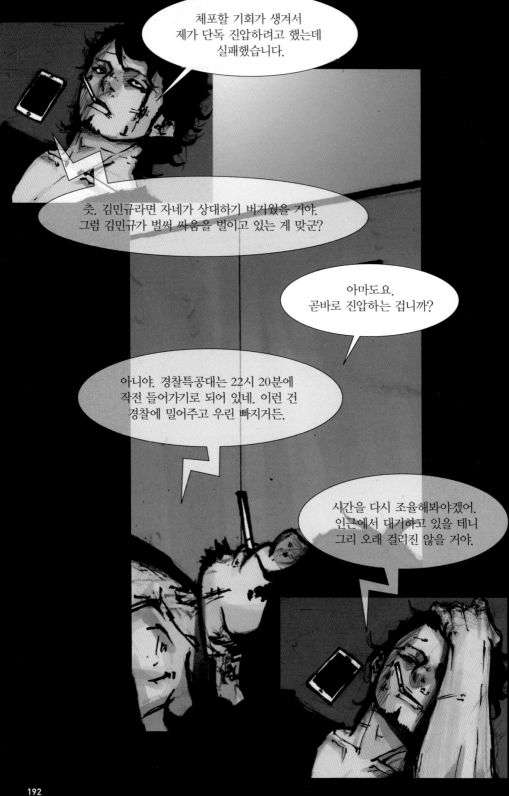

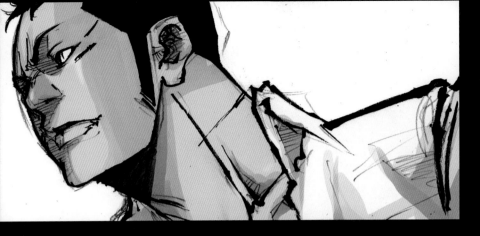

부웅

콰직

엇!

네 녀석은
귀순한 걸로 아는데?

위장술이었다.

위장술?

부모를 걸고 협박하는 놈 밑으로
들어갈 생각 따위는 없거든.

어딜!

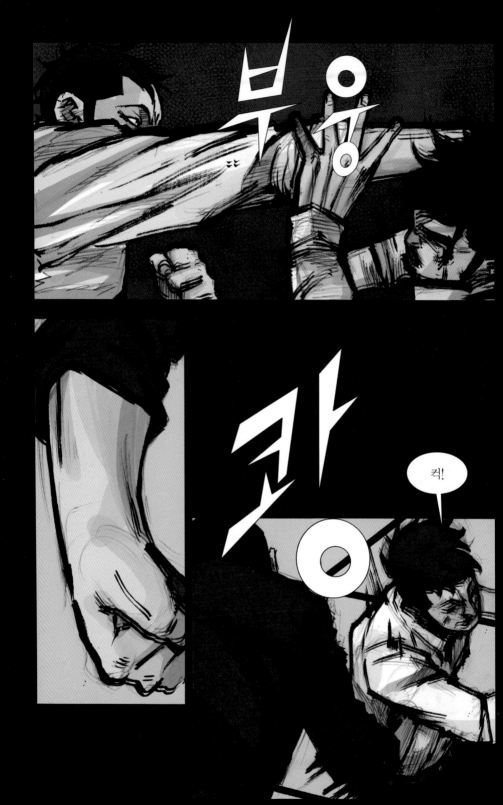

이자와는 일대일로 승부를 보겠다.

건방지긴.

으아앗!

다 다 다

215

무슨 헛소리야!

내 칼을 가져와! 당장!

이렇게까지

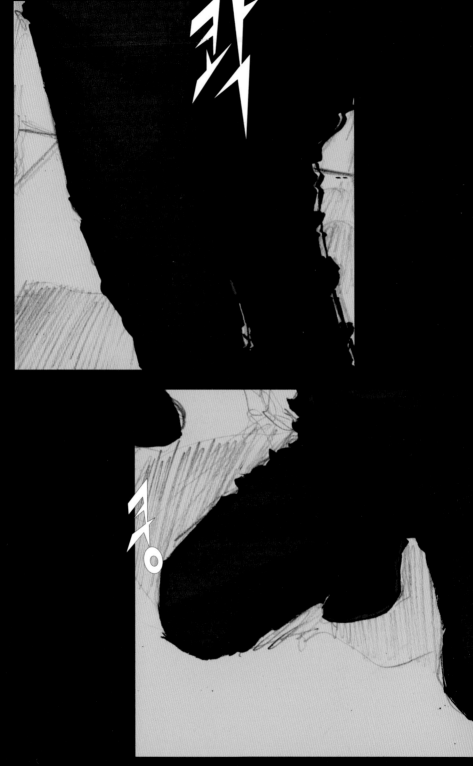

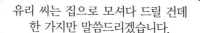

유리 씨는 집으로 모셔다 드릴 건데
한 가지만 말씀드리겠습니다.

네?

짐작하겠지만 난 건달입니다.
제가 유리 씨를 구해서 갔다는 이야기가 돌면
앞으로 유리 씨를 납치하거나 협박해서
저의 행방을 묻는 자들이 계속
나타날지도 모릅니다.

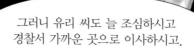

그러니 유리 씨도 늘 조심하시고
경찰서 가까운 곳으로 이사하시고.

이사님.

네.

좀 비겁해요.
절 위험에 빠뜨리고
앞으로 위험할 거니까 나보고
알아서 조심하라고요?

아… 그게.

남자가 이런 경우엔 책임을
져야 하는 거 아니에요?

애애애앵

여자가 이렇게까지 말했는데
모른 척하면 진짜 남자 아니…

다음 소식입니다.
국내로 들어와 암암리에
활동 영역을 넓히던 해외 조폭들이
경찰에 의해 검거되었습니다.

NEWS9

이들은 각종 이권 사업에
개입하며 국내에 유흥, 호텔,
대부 업체 등을 통해···

어···?

저우량 체포,
히로 사망, 다카하시 체포,
얜 본국으로 보내버릴 거고.
저우량은 좀 애매하네.

하루다는 루나에서 가져간
CCTV 뒤져보니 살인을 했던데?
얜 인생 끝났고.

김민규는 도피. 근데 얘는
씌울 혐의가 마땅찮고.

조폭들 말이야?
김민규가 유족들한테 연락해서
시신들 찾아갔던데? 무연고자는
마작회가 처리한 듯.
아 참, 너 기절한 지 5일째다.
그사이에 일이 많았지.

써니엔터테인먼트가
야쿠자 자금 세탁으로
이중장부 사용된 거 확인.
곧 폐업될 거고.

근데 검사님은 왜 여기에?

혹시… 장례식은?

249

네가 바닥에서 개고생하는 동안
인천지검에서 김민규 동태를 포착하고
나와 공조하기로 한 적이 있어.

그랬는데 정원이가 우리가 수사 들어가면
자기들 사업 방해될까 봐 협력 요청을 했거든.

정원이…?

국정원. 댓글 잘 다는
국씨 성 가진 애 있잖아.

아…

그때 협력한 게
사업이 완료될 때까지
수사를 진행하지 않는다.

난 머릿속으로
조폭 계보를 외워.

대신 마지막에
경찰, 검찰 실적으로 밀어준다.
그거였어.

그런데 요즘은
해외 검은 자본들이
들어와서 외울 것도 많고
찾아볼 것도 많아졌어.

내가 널 찾아온 건
혹시 아는지 모르겠는데
내가 조폭 전문이거든.

요즘은 다들 사업 투자
방식으로 들어오니까.

두현파가 끼어들자 국정원이 두현파의
대항마로 내세우고 스폰 한 인물이 권태수.
권태수는 동해파의 잔당. 겉으로는 조폭끼리
전쟁을 하는 것 같은 그림을 만들었지만
그 속은 권력의 속성이 숨어 있었지.

결과는 어떻게 되었습니까?

권태수는 목포로 낙향해서
지역 조폭이 되어 있고. 왜?

김민규가 이야기를 했습니다.
원래 자기 자리가 아니라 태수 형 자리인데
연락이 안 된다고.

교도소에 있다가 나왔으니
김민규는 몰랐을 거야.
어쨌든 같이 잡을 거지?

목표는 두현파입니까?

아니.

네?

실상 두현파가 건재한 건
권력들의 약점을 쥐고 있기 때문이지.
조폭이 악이고 나머진 선이다.
그러니 조폭만 없애면 된다…
이건 애들이 보는 눈이고.

우리는 좀 더 깊게 봐야겠지.
선과 악이 분리되지 않고
동전의 양면처럼 붙어 있는
속성을 봐야지.

말하자면 두현만 없애면
제2, 제3의 두현이 계속 생길 테니
난 아예 검은 고리를 파헤쳐 연결된
모든 걸 없앨 생각이거든.

큰 그림이네요.

후회 없으십니까?

전혀요.

세리 마담. 적풍회의 마약 유통 선두에 섰던 까오슝객잔의 마담이야. 오빠는 킬러고.

응. 어쨌든 얘네들 뒤에 적풍회가 있었는데 조금 들어가보니까 적풍회도 그냥 대외적인 얼굴이라는 거야. 그 뒤에 뭔가가 또 있는 거지.

우리나라에 킬러도 있어?

뭐가?

지금부터 밝혀낼 생각인데 좀 도와줄래? 우리가 풀어나가다가도 현장에서 막혀버리는 게 있어.

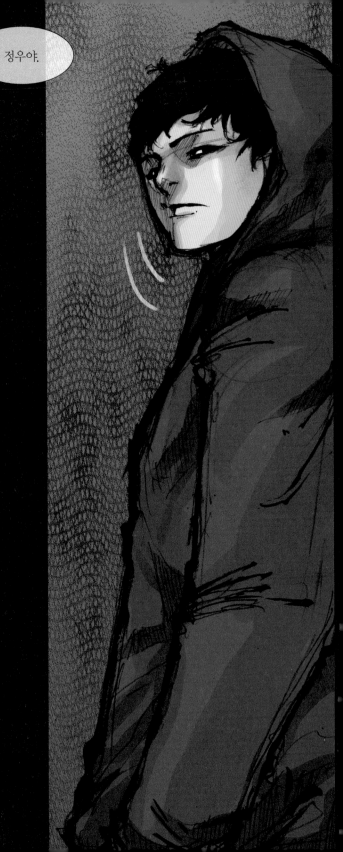

epilogue

1

수연의 방문 이후 일주일이 지나 혁은 퇴원했다.

혁이 퇴원하자 곧 조사가 시작되었다. 혁을 상대로 한 조사는 국정원 주도 하에 이루어졌다.

혁은 조사실에서 진행되던 조사에서 내내 담담한 표정으로 조사관의 질 문에 답하고 있었다. 조사관은 두 명이었는데 대체로 나이가 많은 중년 남자 보다 젊은 남자가 질문을 계속했다.

"저희가 파악하기로는 김민규가 주도적으로 '동해의 일출'을 재건한 것으 로 아는데 진술 상으로는 한대철과 황일철이 주도한 것으로 되어 있군요."

"예."

"조금 상세히 진술해주시겠습니까?"

"한대철과 황일철은 과거 동해파 하부조직 서왕십리파의 일원으로서 동해 파가 무너진 후 동해를 재건하기로 결심하고 출소한 김민규에게 접근했습니 다. 이것은 김민규의 이름값을 이용하려는 속셈이었습니다."

"한대철이 김민규를 추대한 게 아닙니까?"

혁은 고개를 가로저었다.

"김민규를 끌어들인 건 바지사장으로 앉히기 위해서입니다. 김민규의 첫 직책은 부장이었고 나중에 이사로 올라섰으나 한대철은 계속 사장이었습니다. 라인 지분 거래 등 굵직한 거래는 모두 한대철 이름으로 진행되었습니다."

"그건 알지만 그것조차 김민규의 계획일 텐데……? 아니라는 말입니까?"

"예."

"그럼 황일철은?"

"황일철은 한대철의 친구로 뒤늦게 합류했습니다. 한대철은 하노이파 사무실을 점거한 후 친구인 황일철에게 맡겼습니다. 라인은 저우량에게, 에이스오락실은 마작회에. 김민규는 가장 낡은 루나에서 아가씨들 뒤치다꺼리하는 일만 계속했습니다. 처음부터 김민규는 배제되어 있었던 겁니다."

"도대체 이해가 안 되는데 김민규가 순순히 그런 대접을 받아들였단 말인가요?"

혁은 대답하기에 앞서 무언가 생각하는 듯 잠시 침묵했다. 조사관이 무료한 듯 손가락을 테이블에 톡톡 두드릴 쯤이 되어서야 혁은 입을 열었다.

"김민규는 이쪽에 전혀 관심이 없었습니다. 평범한 사람이 되고 싶어 했습니다. 김민규가 출소하고 이 일이 끝난 3개월 동안 김민규가 실제로 이익을 본 것이 없습니다."

조사관은 의심하는 얼굴이었는데 그러면서도 한편으로 이해가 되는 듯 고개를 끄덕였다.

"하긴. 강혁 순경한테 준 월급도 다 털어서 준 거였더라고요."

"네?"

"모르셨습니까? 달에 300 받으셨죠?"

"예."

"그게 김민규 봉급이더라고요. 먹고 자는 건 루나 2층에서 해결하고 봉급 전부 그대로 송금한 거예요."

혁의 목소리가 가늘게 떨렸다.

"그, 그렇습니까?"

조사관은 혁의 목소리가 왜 떨리는지 이상하게 생각했지만 마지막 질문을

던지고 더 이상의 추궁은 그만하기로 했다.

"혹시 김민규에 대해서 어떻게 생각하고 있습니까?"

혁의 머릿속에 민규의 얼굴이 떠올랐다. 함께 높은 곳으로 올라가자고 천진한 얼굴로 손을 내밀던 모습이었다. 절로 혁의 얼굴에 미소가 떠올랐다.

조사관이 그런 혁의 얼굴을 보고 말했다.

"강혁 순경? 혹시 사업을 진행하면서 정이 들었거나."

"아닙니다."

혁은 정색하며 단호하게 말했다. 이제 민규를 추억 속으로 보내버릴 때다. 그러기 위해선 조사관이 원하는 대답을 해야 했다.

혁은 잠시 숨을 고르고 단호하게 말했다.

"조폭이죠. 세상에서 사라져야 할 조폭."

조사관은 고개를 끄덕였다.

"알겠습니다. 수고하셨습니다."

2

붙잡힌 한대철은 입을 다물고 모든 것이 자기 책임이라고 주장했다. 김민규에게는 아무런 잘못이 없다는 주장을 굽히지 않았다.

저우량 역시 김민규에 대해선 입을 다물었다.

"구마모토 일식집에서 싸운 건 오직 나 혼자였을 뿐입니다. 김민규는 그날 보지도 못했습니다."

저우량은 왕리밍이 모든 혐의를 뒤집어써 마약 사범이라는 오명에서는 벗어날 수 있었다. 히로를 살해한 것도 히로가 두 칼을 들고 공격했다는 사실이 인정되면 어느 정도 정상참작을 받게 될 것이라고 한다. 다만 저우량의 본국 송환은 결정되지 않았다. 그 이유는 아직 비밀이다.

3

하루다의 조사 과정을 지켜보면서 다카하시는 마리의 최후에 대해 정확히 알 수 있었다. 수사 과정에서 끝내 묵비권을 행사하던 다카하시는 마리의 일을 알게 된 후 김민규에게 유리한 증언을 해주었다. 그것은 자신이 민규를 오해했던 것에 대한 다카하시 방식의 사과였다.

"구마모토 일식집에서 김민규는 못 봤습니다. 저와 싸운 건 저우량입니다."

다카하시는 곧 일본으로 추방된다.

4

하루다는 국내에서 재판을 먼저 받을 것이다. 가와토미구미는 이번 일로 꽤 큰 손해를 본 것으로 알려졌다.

5

써니엔터테인먼트는 서양그룹에 회사를 매각했다. 윤해만은 써니엔터테인먼트 사장직에서 물러났다.

이동재는 여전히 건재하다.

서양은 라인클럽의 새 주인을 찾고 있다. 정확히는 새로운 세입자다.

6

류희수는 몰라볼 정도로 실력이 일취월장했으며 하종화는 류희수를 자신의 후계자로 삼았다.

7

혁은 예전에 가족들과 함께 살던 집에서 아직도 혼자 산다.

다만, 혁의 집 열쇠를 가지고 있는 한 여자가 종종 찾아오곤 한다.

혁이 퇴원 후 집으로 돌아왔을 때도 그랬다.

긴 머리칼과 잘룩한 허리, 언제 봐도 반가운 얼굴.

혁의 모습이 보이자 거실에서 기다리고 있던 그녀는 환하게 웃으며 달리듯 혁의 품에 안겨 들었다. 혁이도 그제야 마음 놓고 미소를 지을 수 있었다.

8

강원도.

민규는 자신을 가석방자 프로그램에 따라 담당하던 형사에게 사정을 알렸다. 그리고 얼마 후 민규는 큰 어려움 없이 강원도에 정착할 수 있었다.

서울이 고향이지만 민규는 학창 시절을 보냈던 강원도에 추억이 많았다. 민규는 폐가를 고쳐 유리와 세간을 꾸렸고 이제 평범한 한 사람으로서 살기를 희망하고 있었다. 유리 역시 그런 민규와 함께하기 충분할 정도로 강인했다.

어느 날이었다.

"야아. 이런 산골에 이런 미인이 있네?"

마루에 앉아 나물을 다듬던 유리를 지나가던 남자 셋이 발견했다. 산골짜기에 있는 폐가에 20대의 젊은 여자를 본 그들은 무슨 생각이 들었는지 성큼성큼 마당으로 들어섰다.

보통의 여자라면 이럴 때 이미 겁을 먹고 바들바들 떨어야 할 텐데 유리는 그냥 한숨을 쉬었다. 그러고는 곧장 안방을 향해 목소리를 높였다.

"이사님."

덜컥─

유리의 목소리를 듣자마자 튀어나온 건 막 잠에서 깨어 까치집을 지은 머리를 한 민규였다. 그러나 세 남자는 서로 이죽거릴 뿐 물러설 생각을 하지 않았다.

"뭐야, 이거? 꼴에 남자라고 지 여자 지키려고 튀어나온 거야?"

"킥킥. 아이고. 아름다워라. 여자 앞에서 땅바닥에 처박혀봐야……."

그 순간이었다.

민규가 날아오르듯 튀었다.

와작!

맨 앞 남자의 턱이 민규의 무릎에 박살났다.

픽!

두 번째 남자의 눈이 놀란 토끼눈이 된 순간 민규의 주먹에 이미 고개가 뒤로 돌아갔다.

"끅."

쩍! 쩍! 쩍!

연이어 세 번째 녀석의 턱에 민규의 주먹이 연달아 꽂혔다. 살갗이 주먹에 들러붙었다 떨어지는 마찰음이 경쾌하게 리듬을 타는 것 같았다. 유리는 그 장단에 맞춰 고개를 까딱거리며 무심하게 나물을 다듬었다.

쿵─!

세 녀석 모두 고목나무 쓰러지듯 무너졌다. 그런 녀석들 앞에 민규가 섰다.

녀석들은 겁에 질린 얼굴로 민규를 보고 있었다. 눈동자에 맺힌 건 분명 살려달라는 애걸이었다.

민규가 말했다.

"꺼져."

후다다닥- 그 말이 떨어지기 무섭게 세 명은 뒤도 안 돌아보고 달아났다.

"이사님. 주먹 그렇게 막 써도 되는 거예요?"

"그래서 살살 때렸습니다. 기절은 안 시켰어요."

"쳇. 그런데 언제까지 우리 이렇게 딱딱하게 대화해야 해요?"

"딱딱한 대화라면?"

"뭐 자기야나. 오빠. 그런 거 있잖아요."

"호칭을 바꾸고 싶은 겁니까? 그러면 그게 어디 보자……."

"자기야."

유리가 놀리듯 민규를 불렀다. 민규가 당황하며 머뭇거리자 유리는 평소 하지 않던 콧소리를 내었다.

"아니면 오빠아~!"

순간, 민규의 얼굴이 붉어졌다. 좀 전에 사내들을 상대로 주먹을 날리던 패기는 온데간데없어졌다. 유리는 그런 민규를 보며 재미있다는 듯 배를 잡고 깔깔 웃었다. 아무래도 이 관계는 당분간 계속될 듯하다.

정우는 충실히 대학을 다니고 있다.

아직까지는.

끝

작가의 말

꽤 오래전이었다.

신문 극화로 연재하던 『천벌』이 예기치 않게 연재가 중단되고

일거리가 없어서 적적하던 시절 『천벌 2』 기획안을 혼자 만들었다.

그렇게 머릿속에 이야기를 채우고 10여 년을 보냈다.

10여 년 후 기획안 『천벌 2』는 작품 『블러드 레인』으로

세상에 태어났다.

일이 없어 막막하던 시절, 햇빛이 들어오지 않던 골방에서

전기세 아끼려 모니터 불빛에 의지해 웅크리고 타자를 치던

오래전 나에게, 나의 졸필보다 훨씬 훌륭한 그림으로

작품을 완성한 백승훈 작가에게, 단행본 출판을 응원한

독자님들께 감사드린다.

MEEN

『블러드레인』은 여러 가지 의미로 중요한 작품이었고

여러 가지로 절 힘들게 했던 작품이었습니다.

작업할 때도 그랬지만 내가 제대로 하고 있나 하는 생각이

근래 들어 많이 듭니다.

책이 나오는 걸 보니 열심히는 했구나 싶어서

조금은 안심이 되네요.

좋은 글 써주신 민 작가님과 연재를 시작할 수 있도록

그리고 책이 나올 수 있도록 많은 도움 주신 분들과

독자님들께 감사드립니다.

백승훈

블러드 레인 5

초판 1쇄 발행 2017년 4월 10일
초판 3쇄 발행 2021년 1월 20일

지은이 민 · 백승훈
펴낸이 김문식 최민석
기획편집 이수민 박예나 김소정 윤예솔 박연희
마케팅 임승규
디자인 손현주 배현정
편집디자인 투유엔터테인먼트 (김철)
제작 제이오

펴낸곳 (주)해피북스투유
출판등록 2016년 12월 12일 제2016-000343호
주소 서울시 성북구 종암로 63, 4층 402호 (종암동)
전화 02)336-1203
팩스 02)336-1209

© 민·백승훈, 2017

ISBN 979-11-960128-5-4 (04810)
　　　　979-11-960128-0-9 (세트)